secession

secession

Piero Salabè

Das schöne Nichts

Il bel niente

PIERO SALABÈ

Das schöne Nichts
Il bel niente

Gedichte
Zweisprachige Ausgabe

Aus dem Italienischen übersetzt von Jutta Eckes

Die im Original spanischen und englischen Gedichte
wurden vom Autor selbst übersetzt.

Mit einen Vorwort von Claudio Magris

Der Autor dankt Wiebke Meier, Àxel Sanjosé und Steffen Popp
für die Durchsicht des Manuskripts.

*Questo libro è stato tradotto grazie ad un contributo alla traduzione assegnato
dal Ministero degli Affari Esteri e della Cooperazione Internazionale italiano.*

Diese Übersetzung wurde vom italienischen Ministerium für Auswärtige
Angelegenheiten und internationale Kooperation gefördert.

Die Originalausgabe erschien unter dem Titel *Il bel niente*
© 2019 by La nave di Teseo

Folgende deutsche Originalgedichte erscheinen zum ersten Mal in diesem
Band: jemand spricht; gib mir; wortlos kam ich zu welt; damals; entlang;
plus sourds que les cerveaux d'enfants; ohne h; blaubarts wendeltreppe

Published by arrangement with The Italian Literary Agency

Erste Auflage
© 2024 by Secession Verlag Berlin
Alle Rechte vorbehalten
Übersetzung: Jutta Eckes
Lektorat: Christian Ruzicska
www.secession-verlag.com
Gestaltung und Satz: Eva Mutter, Barcelona
Herstellung: Daniel Klotz, Berlin
Druck und buchbinderische Verarbeitung:
Friedrich Pustet, Regensburg
Papier Innenteil: 90 g/m² Werkdruck
Papier Vor- und Nachsatz: 120 g/m² F-Color
Gewebeüberzug: 120 g/m² F-Color
Gesetzt aus Cormorant Garamond
Printed in Germany
ISBN 978-3-96639-103-0

Vorwort

Stellt Sprache eine Verbindung zur Welt her, die wie ein *passeur* die Grenzen zwischen dem Ich und dem Ganzen in die eine und in die andere Richtung überschreitet, oder ist sie die »einzige und feindliche / haut«, wie es in den Versen von Piero Salabè heißt, die den Dichter trennt »von der großen stille«? Die Haut verbindet mit dem Strom des Ganzen und gleichzeitig verhindert sie, dass man sich darin auflöst. Sie ist zugleich die Grenze und deren Überschreitung: »doch im dunkelsten deiner klänge / im fernen raunen // lausch ich / berauscht / was ich nie / sagen kann«. Dieser dunkelste Klang kann nur in einer besonderen Sprache vernommen werden, die am Rande des Verstummens ist, in der Sprache der Poesie.

In Piero Salabès *Das schöne Nichts* werden Wörter gegen Wörter ins Feld geführt, für »den reineren raum«, wie wir im Gedicht *reiner widerspruch* lesen. Mehr als an Rilke erinnert dieser Dichter in seiner Lakonik und ironischen Schärfe, in der Mischung aus Pathos und Strenge, Impertinenz und Trauer jedoch an Gottfried Benns »absolute« Lyrik. »ich wollte nicht / dichter sein // wollte die dinge / nicht die wörter«: Aus dem existenziellen Bruch des lyrischen Ichs geht eine asketische Poesie hervor, in der die Sehnsucht, jene Weite des Seins »hoch und dunkelblau«, wie Benn sie nannte, gebändigt und gebannt wird.

Das schöne Nichts ist keine Sammlung einzelner Gedichte, sondern es liest sich wie ein Poem der mystischen Liebe, ein »Canzoniere d'amore«, das wie Weißglut alle Schlacken verglüht, bis nur noch reinste Diamanten übrigbleiben, geschliffen in perfekte und funkelnde Formen. Aus einzelnen Fragmenten entsteht eine Art epische Erzählung, die Geschichte eines verwundeten, jedoch widerspenstigen Ichs, das den Weg einer inneren Ekstase verfolgt. Das Transzendente, das heraufbeschworen wird, ist nur noch im Schaffensprozess der »absoluten Lyrik« erfahrbar. Poesie als »ultima concessione dell'invisibile ai non vedenti«, »letztes zugeständnis / des unsichtbaren / an die nicht sehenden« lautet die Definition des Dichters, die ebenso unzeitgemäß wie provokant anmutet.

Die Radikalität von Salabès Poesie liegt in der Lakonik seiner in einzelne Edelsteine zersplitterten Lyrik. Die Gedichte bestechen durch die Einheitlichkeit von Gefühlsausdruck und Musikalität; sie sind streng klassisch und gleichzeitig geprägt von einem kühnen Lyrismus, der mit großer Kohärenz Texte und Fragmente anderer Sprachen – Spanisch, Deutsch und Englisch – einbezieht. Eine musikalische Vielsprachigkeit ohne Prätention, die der Essenz der Poesie jenseits der einzelnen Sprache nachspürt, so wie die mittelalterlichen Dichter der *panthera redolens* nachgingen, dem duftenden Panther, einer Allegorie für die nicht festzumachende Poesie, die lediglich eine Spur von Duft hinterlässt. Ausdrücke wie

»no way« oder »way of dying« geben den Ton an für ein Gedicht, das wegen der schillernden Mehrdeutigkeit der Autor wohl nur im Englischen schreiben kann. Manchmal wird die Struktur einer anderen Sprache, etwa der Unterschied im Spanischen zwischen »ser« und »estar«, zum Motiv, das zugleich eine eine poetische Wahrheit ausdrückt, das Zusammenfallen von Essenz und vergänglichem Zustand. In der poetischen Vermengung unterschiedlicher Idiome schimmert in diesen Gedichten eine Art Glück, auf ein potenziell unendliches Reservoir von Klängen und Bedeutungen zurückgreifen zu können. Der elegische Grundton schlägt dann in die Hymne um: »wörter ich lieb euch« »buchstaben und silben // die ihr euch wehrlos / in alles fügt ... denn ihr erfindet / die liebe und alle dinge / die es nicht gibt.«

Piero Salabès Poem erzählt eine Liebesgeschichte, die gebrochen ist wie alle Lieben. In der Suche nach »einer anderen sprache um zu lieben«, bahnt sich Bestürzung an, denn »jener erste laut / jener erste schmerz / wartet noch«. Wenn das liebende Ich »gegen das schweigen / deiner lippen / ihren schrecken« spricht, erfährt es die unerträgliche Intensität der Dinge: "die blume / den baum / den wind / die sagen: jetzt«. Lieben ist ebenso leidenschaftliches wie niederträchtiges Ausspähen des Liebesobjekts. Während Worte es zu fassen suchen, verfließt es in den Zeilen und Reimen wie Wasser, das durch die Finger rinnt.

Diese Liebeslyrik stellt sich in die große Tradition der metaphorischen Poesie und ringt zugleich mit den Wörtern, bis sie schließlich wie ein Fluss der Stille entgegenfließt. In Salabès »Canzoniere d'amore« wird die Wonne des Verstummens, des Nichtwissens besungen, die »Rose ohne Warum« von Silesius, dessen Verse als Motto der Sammlung vorangestellt sind. Eine allumfassende Liebe, die gewaltig sein kann, aber auch schwebend leicht. Sie ist ein »schönes Nichts« mit ihrem Streben ins Unendliche sowie der manischen, grotesken Präzision der Leidenschaft, die auf jede kleinste Nuance des Liebesobjekts achtet und mit chronometrischer Exaktheit die Uhrzeiten von Küssen notiert. Scharfkantige Verse, die sich auch ins Herz schneiden und dabei die poetisierende Haltung immer wieder ironisieren: »dämlicher reim«, liest man in einem Gedicht.

Salabès Lyrik zielt ins Zeitlose und Absolute. Vertikale Poesie hätte Umberto Saba gesagt, der Meister der horizontalen Epik des »warmen Lebens«, der einfachen Dinge, dessen Einfluss in einigen Versen aufscheint: »vero quanto più insignificante«; »wahrhaftiger / je unbedeutender«; doch die große Präsenz, die außer Benn über Salabès Werk schwebt, ist Eugenio Montale, seine bis zum Sarkasmus betriebene Ernüchterung der Poesie, deren Metaphysik aus negativen Epiphanien besteht. In »Das schöne Nichts« finden sich erstaunliche Bilder, ureigene Metaphern, die mit der gewagtesten lyrischen Tradition vertraut sind und die der Dichter in seinem Fühlen verinnerlicht hat. Leidenschaft und Desillusionierung wechseln sich ab, so auch besonders im zweiten Teil des Bandes, der den Titel »Aguamarga« trägt, wo die Gedichte häufig einer luftigen Leichtigkeit anvertraut sind, vor allem in den herrlichen Schlaglichtern auf die spanischen »Canciones«, so frisch wie Fragmente von Wanderliedern, in denen sogar die Fremdheit – der Mangel an Luft, aus dem die Spannung entsteht, zu sagen, zu atmen, zu lieben – zum Spiel wird, zur Farbe und zum Licht, die einander in einem flüchtigen Wasser jagen: »él que canta / su grito / para que no / se entienda«, »derjenige der seinen schrei / singt / damit man ihn nicht / versteht.« Die Bilanz dieser gesungenen Leidenschaft bleibt schließlich unsicher: Mal ist es Glück, häufiger jedoch Verletzung: »jetzt leugnest du, aber der Schaden ist da«.

Claudio Magris

Freund / soll'n wir allesambt nur immer Eines schreyn /
Was wird dies für ein Lied / und für Gesinge seyn?

Angelus Silesius

*la
lingua
taciuta*

*die
verschwiegene
sprache*

Jemand spricht

ein gedicht ist ein spiegel
der bricht

Ti parlerò
nella mia lingua
taciuta

ascolterai un grido remoto
un morto bisbigliare:
»non è vero«

che sei sopravvissuto
che hai vissuto

hai solo dimenticato
il sorriso inerme
lo sguardo deviato
la morte precoce

avrai trovato solo
false parole
per ricordare
e un'altra lingua
per amare

ma quel primo
suono, quel primo dolore
attende ancora

Ich werde mit dir reden
in meiner verschwiegenen
sprache

einen fernen schrei wirst du hören
einen toten der wispert:
»es ist nicht wahr«

dass du überlebt
dass du gelebt hast

du hast nur vergessen
das wehrlose lächeln
den gesenkten blick
den zu frühen tod

du wirst nur falsche worte
gefunden haben
um zu erinnern
und eine andere sprache
um zu lieben

doch jener erste
laut, jener erste schmerz
wartet immer noch

Le tombe sono letti
d'amore

cantano gli alberi
a sovrastare
il sole

si sfogliano
le foglie

sfioriscono
in labbra le ferite
illuminanti

e si spogliano
finalmente
le parole

ride ironico
un cane
gode in disparte
la sinfonia umana

il ritorno di maggio
la parola
tiamo

Die gräber sind liebes
betten

die bäume singen
die sonne
zu bezwingen

die blätter
entblättern sich

zu lippen
verblühen die erhellenden
wunden

und endlich
entblößen sich
die wörter

ein hund lacht
ironisch
genießt von fern
den reigen der menschen

den mai von neuem
das wort
ichliebedich

Tremo davanti a un fiore

parlo
per non sentire

il fiore
l'albero
e il vento
che dicono: ora

mi assale
l'acqua, la sua lenta
violenza

non è ora
mi sento dire
nel silenzio
pungente

e parlo
contro il silenzio
delle tue labbra
il loro spavento

parlo la calma,
parlo il respiro
parlo la pelle

ma ho perso
sono perso

Ich zittere vor einer blume

rede
um nicht zu hören

die blume
den baum
den wind
die sagen: jetzt

das wasser
ergreift mich, seine sachte
gewalt

noch nicht jetzt
höre ich mich sagen
in der stechenden
stille

und rede
gegen das schweigen
deiner lippen
gegen ihren schrecken

rede die ruhe
rede den atem
rede die haut

doch ich habe verloren
ich bin verloren

il mio sguardo prende fiato
in qualsiasi parte
tranne in te

e grazie a te
fugge in cielo
innocente

sfiorato dal fiore
sento la morte

e mi difendo
con parole straniere
dalla tua vicinanza
dal terrore dell'amore

dalla pelle troppo
sottile del primo
suono

mein blick holt luft
überall
nur nicht bei dir

und dank dir
flieht er schuldlos
zum himmel

berührt von der blume
spüre ich den tod

und wehre mich
mit fremden wörtern
gegen deine nähe
die angst zu lieben

gegen die zu dünne haut
des ersten
lauts

Voglio avere più paura
tremare più a lungo
nel bacio
non baciare
restare paralizzato

ma svio lo sguardo
non sia mai
che i nostri occhi
si incontrino

bacio allora
la corteccia, i rami
i sassi della corrente
dove passeggia la gente

mi affido alla rima
demente

e perdo la paura
dove tu sei più pura
più inesistente

e perdo quel dopo
quel brivido, quel
niente

Mehr angst will ich spüren
länger zittern
im kuss
nicht küssen
erstarren

doch ich senke den blick
dass wir uns nicht
begegnen
auge in auge

und küsse
die rinde, die zweige
die steine am fluss
wo leute spazieren

traue allein dem dämlichen
reim

und verliere die angst
wo du reiner bist
ganz verlischst

und verliere jenes ferner
jenen schauder, jenes
nichts

Tutte le cose
sono ferme
lucenti di tempo proprio
si baciano, combaciano
perfettamente

vibra il nome su ogni cosa
nominata, centrata

zittito è il rimbombo
degli interpretatori

la mela altro
non vuole essere

ogni mossa è piena
ogni tempo esatto
la valigia è perfetta
e leggera

ma non si è più
in partenza

non c'è più oltre
più eco
siamo arrivati

il vecchio despota si mette
in disparte, diventa
finalmente plurale

Alle dinge
halten inne
leuchten aus eigener zeit
stimmen im kuss
überein

der name bebt über jedem ding
benannt, getroffen

verstummt ist das dröhnen
der deuter

der apfel
will apfel nur sein

jede bewegung ist rund
jede zeit genau
der koffer bereit
und leicht

doch wir brechen
nicht mehr auf

kein jenseits mehr
kein echo
wir sind angekommen

der alte despot räumt
das feld, wird
endlich mannigfaltig

si rimpicciolisce
la firma
fino a sparire

ché nella notte stellare
è caduto il pudore
e in ogni cosa risplende
il nome amore

die unterschrift
verblasst
verschwindet

denn in der sternennacht
ist die scham gefallen
und in allem strahlt
der name liebe

Lingua
mia unica e nemica
pelle

mi separi
dal silenzio grande

eppure nel tuo suono
più oscuro
nel lontano vociare

io ascolto
innamorato
quello che non saprò
mai dire

Sprache
meine einzige und feindliche
haut

du trennst mich
von der großen stille

doch im dunkelsten
deiner klänge
im fernen raunen

lausche ich
berauscht
was ich nie
sagen kann

Tu sei lo splendore
raggio accecante
nel dolore

fiore, fiore sussurra
l'eterna canzone
che scaccio come una mosca
rognosa

tu non sei fiore
tu non sfiorisci, non mi sfiori
asimmetrica
come l'urlo, indivisibile
come l'acqua

tu non sei leggera
sei un masso
un groviglio vestito di piuma

sei la ferita senza specchio
che nessun sorriso
rimarginerà
il marmo triste dei denti
smarrito nei giorni

sei l'ipocrita istinto, la poesia
presuntuosa, più subdola
di un serpente

sei quel fiore che non
coglierò, a cui rinuncerò

Du bist der glanz
strahl
der im leiden blendet

blume, blume flüstert
das ewige lied
das ich verjage wie eine lästige
fliege

du bist keine blume
du verblühst nicht, berührst mich nicht
aysmmetrisch
wie der schrei, unteilbar
wie das wasser

du bist nicht leicht
ein felsblock bist du
ein knäuel im federkleid

du bist die wunde ohne spiegel
die kein lächeln
je heilt
der traurige marmor der zähne
verloren in der zeit

du bist der verlogene instinkt, die eitle
poesie verschlagener
als eine schlange

du bist die blume die ich nicht
pflücke, auf die ich verzichte

per trovarti più profondamente
nella vergogna di un grido
mai donato

così ti ho vista
quel giorno che anche io
mi sono spogliato

um dich tiefer zu finden
in der scham eines schreis
den ich nie schenkte

so sah ich dich
an jenem tag als auch ich
nackt war

Gib mir
wörter

dich zu
belügen

solange wir
sind

weiß die haut
weiß das wort

die decke
das haus
der ort

ich sage dir nicht:
versuche
dich zu rächen
den schatten
zu stechen

du blühst
wenn ich sage
du blühst

Tu non sei
il corpo
non sei
il seno
tu non sei

non sei
nel bacio
non sei
nell'abbraccio

inizi quando
finalmente
taccio

e dovrei tacere
per godere

lasciare gli occhi
rovesciati

ma ho terrore
del piacere
di quell'abbandono

di lasciare il margine
caldo, la forma
usata

Du bist nicht
der körper
bist nicht
die brust
du bist nicht

bist nicht
im kuss
bist nicht
in der umarmung

du beginnst
wenn ich endlich
schweige

und ich sollte schweigen
nur genießen

die augen
umgedreht

doch ich habe angst
vor dieser lust
mich aufzugeben

die warme grenze
zu verlassen, die bewohnte
form

e in ginocchio
ancora
chiedo nel bacio
ipocrita
il gran perdono

und im geheuchelten kuss
bitte ich
noch einmal
auf knien
um vergebung

Costruire il mondo
con poche parole

meno di quelle
a disposizione

ripetizione
sempre ripetizione

in barba ai
mistificatori

sempre riepetere
fiore amore dolore
fino alla noia

perché la noia
è il più bel fiore

ridurre il vocabolario
a un'unica parola

e in quella scoprire
visi estinti
e venturi

specchio più lontano
e sempre uguale

Die welt bauen
mit wenigen wörtern

weniger als die
verfügbaren

wiederholen
immer wiederholen

den blendern
zum trotz

immer wiederholen
blume herz schmerz
bis zum überdruss

weil der überdruss
die schönste blume ist

den ganzen wortschatz
auf ein wort reduzieren

und darin verschollene
gesichter finden
und kommende

fernerer spiegel
immergleich

la parola ridotta
nuda, vera
che non esiste

il che non può scusare
di dire con troppe parole
ciò che nessuno
può dire

das reduzierte wort
nackt, wahr
das nicht existiert

was nicht entschuldigt
mit zu vielen wörtern zu sagen
was niemand
sagen kann

Voglio conoscerti
con meno parole
con più silenzio

deporre il manto nervoso
della poesia

cercarti lontano
dove silenziosa appari
nella radura di un bosco
perduto

spiarti
dietro a un albero secolare

e muto scoprire che sei estinta
nella luce silente

che sei un corpo
di silenzio

che sei il niente

quel nome taciuto
che dilaga
nella mia mente

Ich will dich kennen
mit weniger wörtern
mit größerer stille

den fiebrigen mantel
der verse ablegen

in der ferne dich suchen
wo du lautlos erscheinst
auf der lichtung eines verlorenen
waldes

dich ausspähen
hinter einem uralten baum

und stumm erkennen dass du erloschen bist
im schweigenden licht

dass du ein leib
aus stille bist

das nichts

jener verschwiegene name
der dämme
in mir bricht

reiner widerspruch

la poesia non è fatta
di parole

con loro è in guerra
per lo spazio più puro

poesia è l'ultima
concessione
dell'invisibile
ai non vedenti

la breve porta
il minuscolo firmamento
meno di un batter
d'occhio

le lettere sono i chiodi
del suo sacrificio
la sua carne esposta

i suoni sono più puri
non lasciano traccia
non vogliono significare

rientrano svelti
nella grande fiumana

reiner widerspruch

poesie besteht nicht
aus wörtern

gegen sie führt sie krieg
für den reineren raum

poesie ist das letzte
zugeständnis
des unsichtbaren
an die nicht sehenden

die kurze pforte
das winzige Firmament
kaum ein
lidschlag

die buchstaben sind die nägel
ihrer aufopferung
ihr ausgestelltes fleisch

reiner sind die laute
sie hinterlassen keine spur
wollen nicht bedeuten

laufen bald ein
in den großen strom

le macchie invece
osano l'umano

la condanna e l'incertezza
espiate a colpi di parole

die flecken dagegen
wagen das menschliche

verdammnis und zweifel
gesühnt mit hieben aus wörtern

Wortlos kam ich zur welt

das allsehende
alles begehrende kind

und verlernte zu sehen

mit wörtern
die es schon gab

erzwungene nahrung
und einzige
wie es hieß

fügsam und einsam
zwischen dröhnenden wörtern

ein verstümmelter
der lächelt und schweigt

und sich festhält an einem wort
das es nicht gibt

fast wäre ich verschwunden

dass ich die anderen
brauchte
auch nur ihren jagenden
zeigefinger

und als das wort
in umlauf kam

wusste ich dass kein wort
mich sagen konnte

ich schwieg und lachte
lautlos in mich hinein

fast wäre ich verschwunden

Trasforma ogni cosa in fiore
ma soprattutto il tuo dolore

Mach alles zur blume
zuerst jedoch deinen schmerz

Insieme
dividiamo
la paura

tagliamo
l'acqua
scura

che divisa
non è più
sicura

Zusammen
teilen wir
die angst

schneiden
das dunkle
wasser

doch auch geteilt
bleibt sie
unverheilt

Non avevo
che la tua mano

nel mignolo
sarei restato

nel luogo piccolo
dove più grande
ti avrei trovata

dove finisci
e certo inizi

lì mi sarei fermato
per devozione
alla pelle
che non mi appartiene

quanto lungo è
il cammino verso te
quanto sconosciuta
mi rimarrai

soggiorno felice nel
tuo margine, nella tua
unghia

il tuo resto è così lontano,
luminoso
arcano

Nichts hatte ich
als deine hand

im kleinen finger
wär ich geblieben

in dem kleinen raum
wo ich dich größer
gefunden hätte

wo du endest
und gewiss beginnst

dort wäre ich geblieben
aus hingabe
zu der haut
die mir nicht eigen

wie weit der weg
zu dir
wie unergründlich
wirst du mir bleiben

glücklich bewohne
ich deinen rand
deinen nagel

was von dir bleibt ist so fern
leuchtend
geheim

nel tuo palmo
la vita muto
trascorrerò

orgoglioso
di leggere solo
la tua mano

da altrove allora
un sussurro mi ricorderà

l'uguale colpa
di carezze e parole

stimolare la confluenza
di chi solo resterà

in deiner hand
werde ich stumm
leben

stolz darauf
nur darin
zu lesen

doch erinnert mich
ein flüstern aus der ferne

an dieselbe schuld
von liebkosungen und wörtern

das einmünden zu lenken
der einsam bleibenden

La luce
di quel maggio

ancora brilla
ancora suona

sovrana su ogni voglia
vola

raggio incrociato
e mai più superato

alberi esplosi
di foglie giubilanti

non rimproverate
agli innamorati

le loro rime
i sempre stessi
canti

non ricordate loro
i temporali
gli spaventosi dolori

vi risponderanno con denti
di sole

nell'amore
solo piovono
fiori

Das licht
von damals im mai

noch glänzt es
noch tönt es

schwebt erhaben
über alle lust

einmal getroffener strahl
nie mehr übertroffen

bäume berstend
im jubelnden laub

werft den verliebten
nicht vor

ihre reime
die immergleichen
lieder

erinnert sie nicht
an gewitter
und schreckliche leiden

mit zähnen aus sonnenlicht
werden sie erwidern

in der liebe
regnet es nur
blumen

il sesso gentile

per ingentilire
il sesso maschile
bisogna volgerlo
al femminile

diventare donna
perdere la misura
la propria iniziativa

lasciare ogni significato
volere essere solo
attraversato

avvolgere il gran
ricevimento

non sapere chi sta fuori
chi dentro

seminare il proprio abbandono
e dimenticare a ritroso

cambiare, cancellare il corso
e sfociare fra i monti
in un mare di fiori

das edle geschlecht

will man das männliche
vollenden
muss man es
ins weibliche wenden

frau werden
das maß verlieren
den anfang selbst

jede bedeutung verlassen
sich nur durchströmen
lassen

den großen empfang
umhüllen

nicht wissen, wer draußen,
wer drinnen

die hingabe selbst säen
und rückwärts vergessen

den lauf umkehren, aufheben
und in den bergen münden
in ein blumenmeer

Quale dio maligno
ha inalberato gli alberi

per rassicurare gli uomini
verticali

la certezza è come la bellezza
simmetrica

ma gli alberi non stanno né
in piedi né in terra

volano in cielo
nell'ascolto dell'erba
sulle ali di una nuca
orizzontale

selva selvaggia
casta e dolce

dove l'amore
come la verità
è da inventare

Welch heimtückischer gott
hat die bäume aufgestellt

um die menschen zu beruhigen
die vertikalen

die gewissheit ist wie die schönheit
symmetrisch

doch die bäume stehen weder
auf füßen noch auf der erde

sie fliegen zum himmel
lauschen dem gras
auf den schwingen eines nackens
eines horizontalen

wilder wald
keusch und süß

wo die liebe
wie die wahrheit
zu erfinden ist

Conto il tempo
dei nostri baci

ci siamo baciati l'8.5.
dalle 17.15 alle 17:50
e il 9.5. dalle 10:45
alle 12:25

il tempo attorno ai baci
reclama la sua supremazia
invano

si assembrano i burocrati
irritabili delle emozioni
mentre i baci sfuggono
solitari

i sentimenti non sono mai
puntuali
lo sono i risentimenti

Ich zähle die zeit
unserer küsse

wir haben uns am 8.5. geküsst
von 17.15 bis 17.50
und am 9.5. von 10.45
bis 12.25

die zeit abseits der küsse
fordert ihren vorrang
vergeblich

die reizbaren bürokraten
der emotionen rotten sich zusammen
während die küsse einsam
fliehen

fühlen ist nie
pünktlich
nachtragen aber wohl

Bucano il tempo
i baci

respirano attraverso
la ricucitura

sapore d'eterno
in terra nemica
nel tempo piccolo
quello grande
scompare

sono il vero sesso
non parlato
i baci

sono falsi
atti di cattiva
coscienza

fanno disobbedienza
sempre in ritardo
sempre in scadenza

e tanto più urgenti
quanto più reticenti

sono un varco
inesistente
i baci

Küsse durchstechen
die zeit

atmen durch
die naht

geschmack von ewigkeit
im feindesland
in der kleinen zeit
schwindet
die große

küsse sind der
wahre
ungesprochene
akt

sie sind falsche
taten aus schlechtem
gewissen

ungehorsam
ständig zu spät
ständig überfällig

und je dringender
je verschlossener

küsse sind ein
nicht vorhandener
durchgang

invano appassionati
per redimere la colpa
l'esser nati

vergeblich leidenschaftlich
um die schuld zu tilgen
geboren zu sein

Aquileia

bruciano già i canneti
brucia la pietra, brucia
l'Istria lontana

solo immaginata
in quel fuoco di luce bianca
nell'occhio sognante

grano orante
su pavimenti romani
di una terra già invasa

chiede abbandono
chiede perdono

che essere già
fiamma
giungere già in porto
non si addice
in vita

e cammini animoso
lungo il porto dei cipressi

dove le tombe
sono navi

Aquileia

in flammen das schilf
in flammen die steine
in flammen Istrien so fern

ein traum nur
in jenem feuer aus weißem licht
im sehnenden auge

flehendes korn
auf römischen böden
eines überrannten landes

bittet um ergebung
bittet um vergebung

denn schon
flamme zu sein
schon anzukommen
ist nicht vorgesehen
im leben

so läufst du die seele entflammt
den hafen der zypressen entlang

wo die gräber
schiffe sind

pronte a salpare
per il luogo sicuro
dell'incertezza

bereit loszusegeln
zum sicheren ort
des ungewissen

Sono troppo vecchio
dice l'uomo
per l'attesa
e per la fretta

il ribruciato cuore
va dritto al cuore
vuole poco, solo
amore

non invece giri
di parole

solo un piccolo sì
alla perdizione

vuole una mattina smemorata
il respiro del giovane
cane
la serena euforia
di una nave partita

non le ipotesi sul sicuro
disastro
gli anticipati pianti

non ha fretta di amare
non sta ad aspettare

dell'amore vuole
amore
non le conseguenze

Ich bin zu alt
sagt der mann
fürs warten
und für die eile

mein verglühtes herz
zielt schlicht ins herz
es will wenig, bloß
liebe

keinen tanz
der wörter

nur ein winziges ja
zum verderben

es will einen morgen voller vergessen
das atmen des jungen
hundes
die heitere freude
eines schiffes auf see

kein mutmaßen über das sichere
scheitern
kein verfrühtes weinen

es hat keine eile zu lieben
es wartet nicht

liebe will
liebe
nicht ihre folgen

Sfuturiamo l'amore
cogliamo il fiore

il maggio è più saggio
di chi l'aspetta

l'erba profuma
senza richiesta

gli animali assolvono
chiunque ami

temono i timorosi
gli invidiosi

la festa atterra
in ogni cortile
della segreta via

pubblico è solo
il sole nel viso

la prova
della nostra
innocenza

solo le piccole menti
condannano
i consenzienti

Nehmen wir der liebe die zukunft
pflücken wir die blume

der mai ist weiser als die
die auf ihn warten

das gras duftet
ungefragt

die tiere sprechen
jeden liebenden frei

sie fürchten die furchtsamen
die neidischen

die feier landet
in jedem innenhof
der geheimen straße

öffentlich ist nur
die sonne im gesicht

der beweis
unserer
unschuld

nur die kleingeister
verdammen
die einträchtigen

Sei volte ci siamo baciati
una settima
non ci sarà

la settima sarà
un bianco orizzontale
un vuoto silenzio
la legittima difesa

non sarà un luogo
non uno mancato
né un bel niente
solo un qualcosa

i baci in ritirata
si rinnegano
inventano storie
altrui

accerchiano il passato
con le malevoli unghie
del presente

mietono assenza
false nostalgie
dolori non pungenti

possiedono ricordi
ma non sanno ricordare

Sechs mal haben wir uns geküsst
ein siebtes
wird es nicht geben

das siebte wird
eine weiße ebene sein
eine leere stille
gerechte gegenwehr

und kein ort
kein verpasster
auch kein schönes nichts
nur irgendwas

küsse auf rückzug
leugnen einander
erfinden
fremde
geschichten

umzingeln das vergangene
mit den bösen krallen
der gegenwart

ernten abwesenheit
falsche sehnsüchte
stumpfe schmerzen

haben erinnerungen
können sich aber nicht erinnern

possiedono ciò che hanno dato
non ciò che è mancato

perché nel settimo bacio
il tempo si sarebbe fermato

come in ogni bacio
che non tollera
il proseguimento

i nostri non fanno testo
non si possono raccontare

quelli rimasti sono un inganno
un passatempo sentimentale

l'inutile domandare

haben was sie einst gaben
nicht jedoch was fehlte

denn im siebten kuss
hätte die zeit stillgestanden

wie in jedem kuss
der keine dauer
duldet

unsere zählen nicht
sie lassen sich nicht erzählen

die verbliebenen sind bloß trug
sentimentaler spuk

sinnloses fragen

Che e non
che non

m'ami
mi preoccupa

che l'altro
è quel che
si sa

mentre l'altro
ora ancora

io e tu
un e una
fine fino
alla fine

chiusi
in quell'unico
bacio

Dass und nicht
dass du mich

nicht liebst
bekümmert mich

das andere
ist was
man kennt

jenes andere jedoch
immer noch

ich und du
ende
und ziel
bis ans ende

versiegelt
in jenem einzigen
kuss

Non mi amare
così mi posso
salvare

rientrare nei giorni
sapere che iniziano
con la luce

indossare un sorriso,
parlare di niente

non mi amare
così troverò la forza
di non amare

di stare in piedi
accanto a nessun albero
da abbracciare

di mentire a un fiore
negare il mare

non mi amare
così potrò spiegare
sperare

consegnarti al passato
vorace, avanzare nel
più falso futuro

Liebe mich nicht
dann kann ich
mich retten

in die tage wiederkehren
wissen dass sie beginnen
mit dem licht

ein lächeln tragen
reden von nichts

liebe mich nicht
dann finde ich die kraft
nicht zu lieben

aufrecht zu stehen
ohne einen baum
zu umarmen

eine blume zu belügen
das meer zu leugnen

liebe mich nicht
dann kann ich erklären
hoffen

dich dem gierigen gestern
übergeben, weitergehen
im falscheren morgen

senza precipitare
nell'inutile bacio
nel vuoto sognare

non mi amare
così potrò tornare
con un viso
sempre uguale

e non ci sarà
più nulla da fare

ohne zu stürzen
in den nutzlosen kuss
ins leere träumen

liebe mich nicht
dann werde ich wiederkehren
mit demselben
gesicht

und nichts mehr wird
zu retten sein

Alessandria d'Egitto

un altro mattino
mi alzerò

e scenderò nudo
nelle strade della città
straniera

in mano avrò i giorni
non spiegati
le non dormite notti

inseguito dall'altra
città camminerò
fra i ciechi palazzi
verso uno sbocco
che non conosco

un mare solo pensato
sempre perduto

morirò su una sporca
aiuola prima di giungere

il mio corpo stanco
si piegherà su se stesso

finalmente burat-
tino

Alexandrien, Ägypten

eines morgens
werde ich aufstehen

und nackt
durch die straßen laufen
der fremden stadt

die verschlossenen tage
in händen
die schlaflosen nächte

verfolgt von der anderen
stadt werde ich durch blinde
häuser ziehen
hin zu einer mündung
die ich nicht kenne

ein nur erdachtes meer
verloren seit jeher

sterben werde ich auf einem schmutzigen
beet noch vor der ankunft

mein müder körper
wird zusammenklappen

endlich mario-
nette

ignorato dai passanti
il palmo aperto

trasuderà l'ultimo pianto

riceverà la luce marina
la voglia bambina

e deporrà nel mare
troppo mirato

il viso che sul ciglio
sconsolato
si gira

unbeachtet von den passanten
wird die geöffnete hand

sich ausweinen

das meerlicht empfangen
die kindliche lust

und in das zu oft bestaunte
meer das gesicht ablegen

das auf dem bordstein
sich trostlos
wendet

amore saffico

parole fatte
per quelli
che credono di aver
capito
qualcosa

ma forse non hanno
capito
un bel niente

sapphische liebe

worte geschaffen
für jene
die denken sie hätten
etwas
verstanden

doch vielleicht haben sie
einen schönen scheiß
verstanden

Damals
als ich dich sah
trugst du keinen schleier

so weiß war deine haut
so zart
ein nackter mönch warst du
ein kind das staunt
ein spatz auf einem zweig

und dann
als ich dich suchte

blühte dein schleier auf
dass ich dich finden konnte

jeder blick eine naht
und mit jeder naht mehr
dunkelheit mehr licht

es strahlte dein gesicht
in jenem raum
den es nicht gibt

es drehte sich und kam zurück
mit immer neuem blick

es glühte vor sehnsucht
nach meinem schweigen

dass es endlich *sein*
konnte

ohne mein fragen
ohne mein sagen

und ich in ihm
mich wiedererkannte

als frau die
frauen liebt

Siate gentili col più bel fiore
non raccontate il suo colore

non nominate
il mio amore

che l'amore rifugge
i corpi e i nomi

cerca l'assenza
e in quella trova ogni corpo
ogni nome

o anche un corpo solo
e interrogante
carne trasparente in cui risplende
ogni amore

siate gentili col più bel fiore
non raccontate il suo colore

che nel dolore si trasforma
ad ogni ora

e nel silenzio grande
splende d'oro

Seid freundlich zu der schönsten blume
verratet ihre farbe nicht

benennt sie nicht
meine liebe

denn liebe flieht
körper und namen

das fehlen sucht sie
findet darin alle körper
alle namen

oder auch nur einen einsamen
und fragenden körper
transparentes fleisch durch das hindurchleuchtet
alle liebe

seid freundlich zu der schönsten blume
verratet ihre farbe nicht

denn im schmerz verändert sie sich
immer und immer

und in der großen stille
leuchtet ihr gold

A ben guardare
il buio
ti osserva

a ben sentire
la notte illuminata
ti chiede

il tuo silenzio
mi respira

ma torno
nella strada dei pioppi nudi
nel buio diviso

dove lentamente sfiorisce
la ferita
e crolla sordo
il miracolo

il giorno avanza sicuro
con la sua cieca
chiarezza

mentre il sogno
si sperde
in parole

Genau gesehen
betrachtet dich
das dunkel

genau gehört
verlangt dich
die erleuchtete nacht

deine stille
atmet mich

doch ich kehre zurück
in die straße der nackten pappeln
ins geteilte dunkel

wo langsam die wunde
welkt
und taub das wunder
zerfällt

der tag rückt vor
in seiner blinden
klarheit

während der traum
sich verliert
in wörtern

Mi difendo scrivendo

lo scudo
del *tiamo*
contro la tua carne
di spavento

mi impaluda
la terra mobile
del tuo respiro

ingoia la mia parola
evanescente

sei il soffocamento
la dignità del confuso
silenzio

in cui io taccio
a te abbracciato

Ich schreibe um mich zu wehren

der schild
ichliebedich
gegen dein fleisch
aus schrecken

der treibsand
deines atems
verleibt mich ein

verschluckt mein
flüchtiges wort

du bist das ersticken
die würde der wirren
stille

in der ich schweige
um dich geschlungen

Non conosco
il tuo viso

si è spento
nel buio del bacio

e al risveglio
mi era nuovamente
sconosciuto

come un mattino
egiziano

io non so chi sei

so che in te è
il viaggio

l'onda forte
il dolore selvaggio

la croce di terrore
vista dal passato

il limite
incendiato

l'ambulante
tristezza

Dein gesicht
kenne ich nicht

es erlosch
im dunkel des kusses

und als ich erwachte
war es mir aufs neue
fremd

wie ein ägyptischer
morgen

ich weiß nicht wer du bist

ich weiß dass in dir
die reise ist

die starke welle
der wilde schmerz

das kreuz der angst
aus dem gestern gesehen

die entzündete
grenze

die wandelnde
trauer

camminare, camminare
perché ricresca il viso
dietro l'ultimo
bruciato

rimasto nelle forme
ferme
dove un giorno

un morituro
ti donò l'ultimo
sorriso

gehen, gehen
damit ein neues gesicht erwachse
hinter dem letzten
verbrannten

verblieben
in den festen formen
wo einst

ein dem tode geweihter
dir sein letztes lächeln
schenkte

La notte non passata
con te

scende nel silenzio
dei passi

tinge il sole
rallenta le ore

di sera mi giace
accanto nervosa

di notte piange
oscurata

un pianto inaudito
in forma
di sogno

sogna un'altra notte
in cui il vuoto
non è svuotato
il mistero irrivelato

sogna di non scomparire
nel mattino, nelle lente ombre
della sera

sogna la veglia degli alberi
si sveglia ansimante
e misteriosa

Nacht ohne dich
verbracht

steigt hinab in die stille
der schritte

färbt die sonne
hemmt die stunden

am abend liegt sie
ruhelos neben mir

nachts weint sie
verdunkelt

ein nicht erhörtes weinen
in gestalt
eines traums

träumt von einer anderen nacht
in der die leere
sich nicht leert
das geheimnis nicht verrät

träumt davon nicht zu verschwinden
im morgen, in den lauen schatten
des abends

träumt vom wachen der bäume
erwacht dann atemlos
geheimnisvoll

la notte non passata
non passa

nicht verbrachte nacht
die nicht vergeht

Sono finito
bruciato
consumato

sei arrivata
voce non avevi
ma un dono
troppo grande:
la tua paura

il mio viso è distrutto
la vita persa, la colpa
incerta

anche i rimorsi
sono stanchi

non è per me il mattino
radioso, l'ora alta
il cammino pieno

non sono partito e non
posso tornare

tornano i luoghi pensati
più pesanti di quando
li ho lanciati

Ich bin fertig
verbrannt
verbraucht

du kamst
hattest keine stimme
jedoch eine gabe
viel zu groß:
deine angst

mein gesicht ist zerstört
das leben verloren, die schuld
ungewiss

sogar die reue
ist erschöpft

nicht für mich ist der strahlende
morgen, die hohe stunde
der volle weg

ich bin nicht fortgegangen und
kann nicht zurück

es kehren wieder die gedachten orte
gewichtiger als
ich sie je geworfen

con denti innocenti
metti mano
alla volta del sogno
che non regge

che ci protegge
o ci ha già distrutti

accanto a me
i tuoi colori
si sciolgono
in fiumi verticali

il mio grido bagnato
si dirama
nella tua sparizione colorata

e rotola via l'ultimo
punto fermo, la
lacrimosa speranza

la colpa nostra
che per sentirsi
in sé si stringe

mit schuldlosen zähnen
greifst du
nach dem gewölbe des traums
der nicht hält

der uns schützt
oder schon vernichtet hat

in vertikalen flüssen
fließen
deine farben
an meiner seite herab

mein nasser schrei
verzweigt sich
in deinem schillernden schwinden

und schon trollt sich
der letzte halt
die wehleidige hoffnung

unsere schuld
die um sich zu spüren
sich selbst umschlingt

Entlang
des neunmal grünen
flusses

die aus schatten
gekerbten äste
zittern

verwirren
das verhältnis
von licht und dunkel

doch wir
sind hier
auf wiesen
die nicht lügen

vor aller augen
verborgen
im schein

unwirklicher
als lohendes
gras

mundförmig
von pfaden
umrundet

die ihren weg
fortsetzen
ohne uns

La notte nasce
nel tuo saluto

nelle vie diverse
nella mano alzata
mia per una serata

disconosco lentamente
le strade del quartiere
oltrepassato

rasento il muro
del cimitero
la sua quadrata
perfezione

ancora sono qua
fuori dalla sua pace

ancora cammino
nella notte
nello spazio
della tua mano

nei suoi cortili
nelle biforcazioni
frananti

non riconosco
le vie che mi attendono
diverso

Nacht geboren
in deinem gruß

in den ungleichen straßen
in der erhobenen hand
die meine war, einen abend lang

langsam entfallen mir
die straßen des viertels
durch das ich zog

ich streife entlang
der friedhofsmauer
ihrem perfekten
quadrat

noch bin ich hier
außerhalb seiner ruhe

noch ziehe ich
durch die nacht
durch den raum
deiner hand

in ihren höfen
den einstürzenden
querungen

ich erkenne nicht mehr
die straßen die mich erwarten
fremd

non riconosco
il tuo mignolo
il tuo dito maggiore

si arrampicano le dita
nel vicendevole
cielo

seguo un sentiero
interiore fino alla punta
lontana
l'estremo tuo punto

dove non può essere
che tu finisca

si avvicina la casa
come un mattino
che comunque verrà

i miei passi
ti chiamano
richiedono la tua
mano

poi tutto si ferma
giunge solitario
incarezzato

il riposo è mortuario
e mi risveglio
dissanguato

ich erkenne deinen kleinen
finger nicht mehr
und nicht den mittleren

sie klettern hinauf
in den gegenseitigen
himmel

ich folge einem inneren
pfad bis zur fernen
spitze
deinem äußersten rand

wo es nicht sein kann
dass du endest

die wohnung naht
wie ein morgen
unausweichlich

meine schritte
rufen dich
fordern deine
hand

dann steht alles still
mündet einsam
ohne umarmung

tödlich ist die ruhe
und blutlos
mein erwachen

La rosa è bella
senza perché

vattene allora

se devi spiegarti
sincerarti
limitarti
perdonarti

il luogo del sicuro
perdono
a cui ho rinunciato
lo tieni in mano

non titubare
con la salvezza

e non biasimare
la brezza
di non averti portato
il fiore

tu non l'hai colto
tu hai chiesto il suo perché

Die rose ist schön
ohne warum

geh also

wenn du dich erklären musst
vergewissern
beschränken
dir vergeben

der ort der sicheren
vergebung
den ich aufgab
ist in deiner hand

zögere nicht
dich zu retten

und wirf der brise
nicht vor
dir nicht die blume
gebracht zu haben

du hast sie nicht gepflückt
du fragtest nach ihrem warum

Nel buio grande
ti avevo vista
nell'altrui
viso

la fiamma beve
l'oscurità
ride tutta
in una nascosta
preghiera

luminosa la strada
se in sé dispersa
come fiume che scorre
senza mai
arrivare

e chiudo gli occhi
per riscoprirti
vergine sogno
disegno puro
disio di Dio

suono liso
per infilare
la cruna
del paradiso

dove qualsiasi
è l'altrui viso

Im großen dunkel
sah ich dich
in des anderen
gesicht

die flamme trinkt
die finsternis
sie lacht
im heimlichen
gebet

hell der weg
wenn in sich verloren
wie ein fluss
der niemals
mündet

und ich schließ die augen
um dich wiederzufinden:
keuscher traum
reine zeichnung
gottes begehr

klang gefeilt
ihn zu fädeln
durchs öhr
ins paradies

wo jedes gesicht
das des anderen ist

per questo Amore mai risponde
mai ci intende

se non nella luce tagliente
dove l'animale
si scopre umano

e per sempre sicuro
l'uccello perduto
atterra sulla mano

deshalb antwortet Amor nie
meint uns nie

wenn nicht im scharfen licht
wo das tier
sich als mensch erkennt

und auf immer geborgen
der verirrte vogel
auf die hand sich senkt

Parole io vi amo
perché non volete
dire

siamo noi
a volere
e voi vi fate
fare

parole
come siete gentili

a darvi
musicalmente
alla nostra confusione

siete buone e giuste
perché ci fate credere
e ricredere

docili come il prato
ferme come l'albero

e amo anche voi
lettere e sillabe

che indifese vi lasciate
combinare

Wörter ich lieb euch
denn ihr wollt nicht
bedeuten

wir sind es
die wollen
und ihr lasst es
zu

wörter wie freundlich
ihr seid

euch melodisch
zu vertiefen
in unsere verwirrung

ihr seid würdig und recht
lasst uns glauben
und uns bekehren

fügsam wie wiesen
standhaft wie bäume

auch euch lieb ich
buchstaben und silben

die ihr euch wehrlos
in alles fügt

voi che da sole
sconfiggete il vento
state al gioco

e diventate le nostre
parole quelle che
abbiamo saputo
dire

suoni e segni io vi amo
perché siete il corpo
pieno, l'insignificante
fiore

perché inventate
l'amore e tutte
le cose inesistenti

perché come noi
siete vergognose
eppure vi siete date

perché fra due grida
siete state la no
piccola vita

die ihr einsam
den wind besiegt
mitspielt das spiel

bis ihr zu unseren worten
werdet
jene die wir zu sagen
wussten

laute und zeichen ich lieb euch
weil ihr der volle
körper seid, die blume
ohne bedeutung

denn ihr erfindet
die liebe und alle
dinge die es nicht gibt

denn ihr seid scheu
wie wir
und gabt euch trotzdem hin

denn zwischen zwei schreien
wart ihr unser
kleinwenig leben

plus sourds que les cerveaux d'enfants

zuende denken
ist das ende
denken

ein guter stuhl
der letzte
für den alten
mann

so soll es sein
wenn man weiß

diese stille
von gedanken

ein schachmatt
nach dem anderen

wie schüsse
in der ferne

wessen kopf
läuft der kugel
entgegen

die spielenden tiere
wissen

von keiner gefahr
von keinem
ende

sie glänzen im sprung
spannen sich auf

wie segel

sterben im fliegen
himmelwärts

immer wieder

ohne h

was war war
war war

ist nicht
war

war war

Non la parola
fine

è la fine

e meno che mai
la vera fine, il muto
scordare

ma lì nel letto bianco
da fare e rifare

nel fiore in fiore

in mezzo al bacio
che non può
continuare

Nicht das wort
ende

ist das ende

und schon gar nicht
das wahre ende, das stumme
vergessen

sondern dort im weißen bett
weiß und weißer

in der blühenden blume

mitten im kuss
der keine dauer
kennt

il campo

das feld

Il campo è senza entrate
le dobbiamo trovare

il campo non ha letti
li dobbiamo fare

il campo è mare
ci dobbiamo tuffare

il campo è sordo
luce sottomarina

il campo è un buco
spettinato dal vento

il campo si dissecca
nel bacio più lento

il campo sempre ricresce
sui corpi abbandonati

il campo è senza uscita
è la vita

Das feld ist ohne eingang
finden wir ihn

das feld hat keine betten
bauen wir sie

das feld ist ein meer
tauchen wir ein

das feld ist taub
ein unterwasserlicht

das feld ist ein loch
vom wind zerzaust

das feld verdorrt
im längsten kuss

das feld immer wieder grün
über verlassenen körpern

ohne ausgang ist das feld
unsere einzige welt

Aguamarga

Aguamarga

Attraverso i neri corridoi
del tempo
verso la luce

di uno spazio
ancora più
vuoto

vergini grida
ti seguono
loro che già allora
sapevano

scegli la tua
entrata una

per tutte
le uscite

spinto da quelle
impenetrabili voci del tempo
scaduto

ti getti ancora
una volta
in ciò che sin
dall'inizio

non esisteva
il tuo corpo
profondo

Durch die schwarzen flure
der zeit
hin zum licht

eines raums
der noch
leerer ist

jungfräuliche schreie
verfolgen dich
sie die damals schon
wussten

du wählst deinen
eingang einen

für alle
auswege

verfolgt von den unergründlichen
stimmen der verfallenen
zeit

stürzt du dich noch
einmal
in das
was von anfang an

nicht da war
deinen tiefen
körper

la sua vuota
voglia

e subito
vola via
risucchiata
dall'inumana
lontananza

che come
per gioco
crudele

ti ridona
tutto quanto

la sete non più
quietata
gli occhi
lanciati
nel buio
il falso
rimprovero

pauroso della
vita, pauroso
della morte

rinato a malincuore
esci e rientri
imbambolato

seine leere
lust

und schon
fliegt sie fort
verschlungen
von der unmenschlichen
ferne

die wie
im grausamen
spiel

dir alles
wiedergibt

den nicht mehr gestillten
durst
die ins dunkel
geworfenen
augen
den falschen
vorwurf

ängstlich vor
dem leben, ängstlich
vor dem tod

wiedergeboren wider willen
taumelst du
hinein hinaus

sussurrando i tuoi
propri nomi
tanto amati

flüsterst deine
eigenen namen
die du so liebtest

Il silenzio puro
è pieno
di suoni luci colori

e tutte le parole
sono cantate

tu sempre arrivi
con un'altra
canzone

che invisibile
mi offende

la verità è muta
non si denuda

le parole pronte
muoiono
impronunciate

e splendono
tutte le cose
disperate

Die reine stille
ist voller
klänge lichter farben

und alle worte
sind gesungen

immer kommst du
mit einem neuen
lied

das mich ungesehen
verletzt

die wahrheit ist stumm
offenbart sich nicht

die bereiten worte
sterben
ungesagt

und es leuchten
alle verzweifelten
dinge

Il cane lontano
sul prato alto
dove felici
strisciano le scarpe
impollinate

poi nel viale
accesosi di verde
i petali ariosi
si illudono
tormenta

non carezza
ma figli della brezza
che atterrano
in cielo

moschettieri
puerili e fieri
stremati da pene
infinite

tu li fai credere
li credi tali

poi fiocchi celesti
sulla pozza fonda
sul fango nuovo

ogni amore è falso
e leggero come
un fiore

Fern ein hund
im hohen gras
das blütenbestäubte
schuhe
froh durchstreifen

dann in der grün
entflammten allee
flirrende blüten
wähnen
sich sturm

nicht liebkosungen sind es
sondern söhne des windes
die im himmel
landen

musketiere
närrisch und herrisch
aufgezehrt
von endlosen qualen

du lässt es sie glauben
glaubst selbst daran

dann himmlische flocken
über dem tiefen pfuhl
dem neuen schlamm

jede liebe ist falsch
und leicht wie
eine blume

Estoy
en las hojas

con ellas
vuelo y borro
los caminos

el nuestro
dónde está

se deshace el camino
al andar

sueño
que vivo
en las afueras

sueño
que soy
el no llamado

él que no sabe
cuando lo llaman

Ich bin
in den blättern

schwebe mit ihnen
lösche
die wege

unserer
wo ist er

der weg zergeht
unterwegs

ich träume davon
an den rändern
zu leben

ich träume davon
der nicht gerufene
zu sein

derjenige der nicht weiß
wann man ihn ruft

él que se entierra
bajo el susurro
para escuchar
otra vez
el cantar
más antiguo:
no sé
no sé
yo no sé

él que canta
su grito
para que no
se entienda

der sich vergräbt
in einem flüstern
um noch einmal
zu hören
das älteste lied:
weiß nicht
weiß nicht
ich weiß es nicht

der seinen schrei
singt
damit man ihn nicht
versteht

Ho chiesto ancora due giorni
ho fatto un piano

solo se il vento soffia verso
la pianura
solo se il ramo cadrà
oltre il dosso,
solo se un animale morto
devierà la corrente
arriverò

ho chiesto ancora un giorno,
ho ascoltato l'acqua, le foglie
e i passi della volpe

ho capito che morirò
ma lo stesso ho chiesto un giorno ancora

la materia è inerte e io getto
sassolini per svegliare il tempo

qualcuno mi ha detto che
la salvezza è questione di secondi
pungere adesso il mostro che ci divora

ho chiesto un'altra ora
sono sdraiato, non mi posso alzare
il cuore della terra mi batte in testa
ma ho un piano:
chiedere un'altra mezzora

Ich habe um noch zwei tage gebeten
ich habe einen plan gemacht

nur wenn der wind
zur ebene weht
nur wenn der ast jenseits
der böschung fällt
nur wenn ein totes tier
den bachlauf verlegt
komme ich an

ich habe um noch einen tag gebeten
habe dem wasser gelauscht, den blättern
und den schritten des fuchses

ich habe begriffen, dass ich sterben werde
und doch habe ich um noch einen tag gebeten

die materie ist träge und ich werfe
kiesel um die zeit wachzurütteln

jemand hat mir gesagt dass
die rettung eine frage von sekunden sei
jetzt das ungeheuer stechen das uns verschlingt

ich habe um noch eine stunde gebeten
bin am boden, kann mich nicht erheben,
das herz der erde pocht mir im kopf
doch ich habe einen plan:
noch um eine halbe stunde zu bitten

qualcuno mi ha detto che per me
la punizione sarà più dura
che il mio corpo dovrà vivere ancora

ho chiesto un'ultima volta,
ho calcolato che ce la posso fare
se nei prossimi sette minuti
l'orso si scontra con il cinghiale

jemand hat mir gesagt, dass für mich
die strafe härter sein wird
dass mein körper noch leben muss

ich habe um ein letztes mal gebeten
ich habe ausgerechnet dass ich es schaffen kann
wenn in den nächsten sieben minuten
der bär auf den eber stößt

S'io mi intuassi, come tu ti inmii

può essere
che sbagli

tu o io
che differenza
fa

se amandoti
divento te
e se tu m'ami
me

gira e rigira
io sono me
e tu sei te

siamo due
come prima

con o senza
amore

ma può essere
che sbagli

Wär ich in dich wie du in mich versetzt

mag sein
ich irre mich

du oder ich
wo ist
der unterschied

werd ich du
wenn ich dich liebe
und wirst du ich
wenn du mich liebst

drehe und wende es
ich bin ich
und du bist du

wir sind zwei
wie zuvor

mit oder ohne
liebe

doch mag sein
ich irre mich

ser y estar

el español es
una lengua profética

nos recuerda que
ser
y estar
son lo mismo

son la mar

sein und zustand

das spanische ist
eine prophetische sprache

es erinnert uns daran
dass sein
und zustand
dasselbe sind

sie sind die see

tautologia

ogni poesia
iniziata
si arena
perde forza

già che debba
iniziare
anziché essere
il canto continuo
delle cose

il mare è il mare

oggi domani
dopodomani

resta là
senza fiatare
di tutto si fa
fare

anche il tuo dire
è stato un modo
di fare

che gentilmente
il mare ti rende
cose tue o altrui

tautologie

jedes gedicht
einmal begonnen
versandet
erlahmt

dass es überhaupt
beginnen muss
statt der dinge
stetes lied
zu sein

das meer ist das meer

heute morgen
übermorgen

es bleibt
ohne zu mucksen
lässt alles über sich
ergehen

auch dein reden
war bloß
eine art

die höflich
das meer dir zurückgibt
dinge von dir oder anderen

una ciabatta
che si arrabatta

taci per vergogna
di avere voluto

viaggiare o forse
dici un'unica cosa
umiliante

che già sapevi
prima della tua falsa
partenza

che tutti sanno
e tutti dicono:
che il mare è il mare

ein schlappen
der schlottert

du schweigst aus scham
gewollt zu haben

die reise oder vielleicht
sprichst du eine einzige
beschämende sache aus

die du schon kanntest
vor deinem falschen
abschied

die alle kennen
und alle sagen:
das meer ist das meer

Mi bacia
il mattino
nell'incavo
della nuca
il capo
chino

risucchia piano
nell'altipiano
il bambino

la prima luce
ogni cosa negata
tornata

diverso nel tempo
sempre uguale
disperso

solo che solo

restare
solo
incantato

muto m'inarco
nell'istante

tutto è disdetto

Mich küsst
der morgen
in die mulde
des nackens
den kopf
gesenkt

zieht langsam
hinauf zur hochebene
das kind

das erste licht
alles verwehrte
wiedergekehrte

anders in der zeit
immer sich gleich
verloren

allein dass allein

bleiben
allein
verzaubert

stumm neige ich mich
in den augenblick

alles ist abgesagt

ma non giunge
condanna

mentre radiosa
avanza la sera

doch das urteil
bleibt aus

während sich strahlend
der abend weitet

Io non volevo
essere poeta

volevo le cose
non le parole

dirle sempre dopo
le cose

inesistenti
dette altrimenti

non ho scelto
la poesia

è solo cresciuta
attorno a qualcosa
di inconfessabile

Ich wollte kein
dichter sein

ich wollte die dinge
nicht die wörter

immer erst im nachhinein
die dinge sagen

inexistent
anders gesagt

ich habe die dichtung
nicht gewählt

sie gedieh nur
um etwas
uneingestehbares

The Unknown Poet

no way

my poems will find
their way

a wooden box
with personal objects

the ones who knew them,
knew me
will keep them there

'he liked stones
and poetry'
they'd say

some will disappear
with no time
in that same cupboard
some will stay

maybe the odd ones
the beautiful ones
– even for you who are not
certain of beauty –
the ones you think a while
while
throwing away

Der unbekannte Dichter

kein weg

meine gedichte werden
ihren weg gehen

eine hölzerne schachtel
voller persönlicher dinge

diejenigen die sie kannten
mich kannten
werden sie dort belassen

»er liebte steine
und dichtung«
werden sie sagen

einige werden verschwinden
ohne zeit
in dem nämlichen kasten
andere bleiben

vielleicht die sonderbaren
die schönen
– selbst für dich, der du
an der schönheit zweifelst–
die bei denen du zögerst
bevor du sie
fortwirfst

the ones not vile
kept during a lifetime

they didn't know why I wrote them
as I didn't know

'it was his way of dying
as each one has to die'

all my betrayals will
not matter any longer

'he published his silence
in the best possible way:
to no acclaim

he wrote that snow
can fall on stones
on corn fields
or without a bed

but it is not his sentence
and he was grateful
to the published poet
and to all the useless books
that gave him a bed

he was ashamed of his words
of his silence, his shame

die nicht gewöhnlichen
aufbewahrt ein leben lang

sie wussten nicht warum ich sie schrieb
wie ich es auch nicht wusste

»es war seine art zu sterben,
denn sterben muss ein jeder«

alles was ich verriet
wird nicht länger zählen

»er veröffentlichte sein schweigen
in der bestmöglichen weise:
ohne jeglichen beifall

er schrieb dass schnee
auf steine fallen kann
auf weizenfelder
oder ohne ein bett

doch es ist nicht sein satz
und er war dankbar
dem verlegten dichter
und allen nutzlosen büchern
die ihm ein bett gaben

er schämte sich seiner worte
seines schweigens, seiner scham

it is not true: he was pleased
by all this

he liked the smell
of star jasmin
at the beginning of
june

he liked black jokes
and leather cases

he liked to dream
of ways that don't
exist'

das ist nicht wahr, all dies
erfreute ihn

er liebte den duft
des sternjasmins
in den ersten
junitagen

er liebte schwarzen humor
und ledertaschen

er liebte es von wegen
zu träumen die es
nicht gibt«

Una poesia ritrovata, quasi illeggibile

allora forse invece esisto
e non per lo sforzo
del ricordo

– giornate disparate poi assemblate –

ma per un'unica forza
come un male
che scava lenta, invisibile
la mia propria morte

impone una mia storia
più vera, quella maschera appassita
nello stampo di una sola e sorda
vita

il filo
di tutte quelle poesie
che mi illudevo

non fossero mie

Ein wiedergefundenes gedicht, fast unleserlich

also gibt es mich wohl
und nicht nur
im erinnern

–verstreute, dann verknüpfte tage –

sondern kraft einer einzigen kraft
wie ein leiden
das langsam unsichtbar
meinen eigenen tod gräbt

eine geschichte von mir schreibt
die wahrer ist, jene verfallene maske
in der form eines einzigen, dumpfen
lebens

der faden
all jener gedichte
von denen ich mir einbildete

es wären nicht meine

Adesso sono certo
che non mi amerai

e quindi già
non mi ami

di quello che per te
sarò stato
ti sento parlare

t'amo invece
mi dichiari

taci almeno
o vattene
come un vento

amare senza essere amato
è un comune dolore

molto peggio è amare
chi non sa
di non amare

Nun weiß ich gewiss
dass du mich nicht lieben wirst

und also mich schon jetzt
nicht liebst

was ich für dich
gewesen sein werde
hör ich dich sagen

ich liebe dich doch
erklärst du mir

schweig wenigstens
oder verschwinde
wie ein windhauch

lieben ohne geliebt zu werden
ist ein gewöhnlicher schmerz

schlimmer ist es den zu lieben
der nicht weiß
dass er nicht liebt

Sono stanco
e usato
dall'amore

resto in disparte
a curare il bruciore

di vane sempre più false parole
di riparazioni
di speranze domenicali

nulla di nuovo
sotto il cielo sempre
uguale

solo un po' di disperazione
scadente, pigre riscoperte
e i cigolii dello sgangherato
cuore

cosa non farei amore
per portarti fuori dal mondo
dal suo bisogno
d'amore

Ich bin müde
und verbraucht
von der liebe

bleibe abseits
um das brennen zu heilen

von vergeblichen immer falscheren worten
von versöhnungen
und sonntagshoffnungen

nichts neues
unter dem immergleichen
himmel

nur ein wenig billige
verzweiflung, träge belebungen
und das quietschen des ausgeleierten
herzens

was täte ich nicht liebe
um dich aus der welt zu führen
aus ihrem bedürfnis
nach liebe

Molto prima di quella risposta
che non arrivava
e prima ancora
della tua richiesta

il responso era
il respiro

le cose si erano date
senza il tuo volere

per uno scrupolo pensavi
di aprire quella finestra

quante arie la tua propria aria
un gran malditesta

mentre ancora attendeva vergine
la tua morte

non parole tue o
altrui

non un vento, un male
inteso

ma la sempre stessa vita

il soffocamento
a ogni momento

Lange schon vor der antwort
die nicht kam
und noch vor deinem
fragen

war der bescheid
der atem

die dinge gaben sich
ohne deinen willen

aus skrupel wolltest du
dieses fenster öffnen

so viel lüfte deine eigene luft
heftiger kopfschmerz

während unberührt dein tod
noch wartete

keine wörter von dir
oder anderen

kein wind, kein begriffenes
übel

sondern das immergleiche leben

das ersticken
in jedem augenblick

la morte
si sconta
non morendo

den preis des todes
zahlt man
indem man nicht stirbt

y punto

così vai
e non ti posso
fermare

sei l'uccello
il silenzio
il mare

sempre più alto
silenzio
doglia tropicale

dove l'edera
nasconde
alberi sconosciuti

sulla stessa riva
dove mai più
saremo venuti

vado contro il vento
forza sorda
per non avanzare

rieccoti nella foglia
nascitura

y punto

so gehst du also
und ich muss dich
lassen

du bist der vogel
die stille
das meer

immer größere
stille
tropische wehe

wo der efeu
ungesehene bäume
verbirgt

am selben ufer
wohin wir nie wieder
kommen

ich laufe gegen den wind
taube kraft
um nicht voranzukommen

hier bist du wieder
im werdenden blatt

nei dieci verdi
di qui al tronco
nella neve scura

ti perdo nell'inverno
svanisci nella primavera
senza memoria

e ridi sotto un altro
sole
si scioglie in danza
il tuo dolore

mi sei cresciuta
fra le mani

adesso libera
e in me più muta
mi lasci nelle foglie
striscianti
sul corpo immenso

del mondo
dove ogni abbraccio
solitario e pauroso
nasconde
quel che vuole
l'illusione dell'amore

y punto

im zehnfachen grün
von hier zur rinde
im dunklen schnee

ich verliere dich im winter
im frühling verschwindest du
spurlos

und lachst unter einer anderen
sonne
dein leid löst sich auf
in tanz

meinen händen
bist du entwachsen

jetzt frei
und stummer in mir
lässt du mich zurück in den blättern
die sich ranken
um den riesigen leib

der welt
wo jede umarmung
einsam und ängstlich
verbirgt
was sie will
die illusion von liebe

y punto

Vocina muta
tagliente assassina
la mia lingua
perduta

il suo vociare
la sua musica muriatica

nausea
ben temperata

bella solo
se prostituita
metafora solo
se sdrucita

stanare la nota
stonata

melodia nata
nel soffocamento

incantabile
in vita

si muore in silenzio
il lamento è solo
accompagnamento

Stummes stimmchen
messert mörderisch
meine verlorene
sprache

ihr zetern
ihr ätzender gesang

übelkeit
wohltemperiert

schön nur
wenn prostituiert
metapher nur
wenn ramponiert

den falschen ton
aufstöbern

melodie geboren aus
der erstickung

unsingbar
im leben

man stirbt im stillen
die klage ist nur
begleitung

nell'ultima solitudine
del tuo occhio
mi troverai
senza parole

in der letzten einsamkeit
deines auges
wirst du mich finden
wortlos

Che io sia
dietro le cose

non il loro segreto
dio

ma luminoso
oblio

il luogo altrimenti
matematico
del non passaggio
l'inviso spettatore
l'ombra festante

vero quanto più
insignificante

la voce a te
taciuta

non per questo meno
menzognero

non il disinibito
niente

ma dentro
l'introvabile cosa

Dass ich sei
hinter den dingen

nicht ihr geheimer
gott

jedoch lichtes
vergessen

der ansonsten
mathematische ort
des nicht-übergangs
der unliebsame zuschauer
der feiernde schatten

wahrhaftiger
je unbedeutender

die dir verschwiegene
stimme

deswegen jedoch nicht minder
trügerisch

nicht das hemmungslose
nichts

jedoch im
unauffindbaren ding

Se mi è possibile
voglio sparire
come cosa piccola

restare inosservato
in quella cosa

nascondermi
nella fine
naturalmente

dolciastra scia
avrò lasciato
prima di morire
la doglia
si compirà
finalmente

guerra alla guerra
avrò fatto
contro la vita
in suo favore

offeso eppure
il pugno

aperto
segretamente

Wenn es mir möglich ist
will ich verschwinden
wie ein kleines ding

unbemerkt bleiben
darin

mich im ende
verstecken
unbesehen

eine süßliche spur
werde ich hinterlassen
vor dem sterben
die wehe
endlich
vollbracht

krieg gegen den krieg
werde ich geführt haben
gegen das leben
seinetwillen

versehrt und doch
die faust

heimlich
geöffnet

e nello sfinimento
della mia invisibile lotta
mi raccoglierà
l'angolo della vera
pace

wird mich vom unsichtbaren
kampf augezehrt
die ecke des wahren friedens
aufnehmen

giorno di festa

io non conto
non voglio contare
neppure so come
fare

conta la vita
quel che resta

festtag

ich zähle nicht
ich will nicht zählen
wüsste auch nicht
wie

leben zählt
das was bleibt

Di tutto si può
sapere

tutto è interessante
il dna di un verme essicato

con cosa rimano
gli acronimi

l'orario dei treni di Casale Monferrato
prima del duplice
attentato

e poi salendo
l'aristocratica scala
Monsieur l'Esprit
du Monde
nelle sue oscure
manifestazioni

sempre smentite
per far salire le azioni
delle proprie melodiose
disperazioni

la cosa più difficile
da sapere in vita
è cosa facile e antica

non sapere
altrimenti

Von allem kann man
wissen

alles ist interessant
die dna eines vertrockneten wurms

auf was sich akronyme
reimen

der zugfahrplan von Kap Ferrat
vor dem doppelten
attentat

und die akristoratische
leiter hinauf bis
Monsieur l'Esprit
du Monde
in seinen finsteren
erscheinungen

stets dementiert
damit die aktien steigen
der eigenen melodiösen
verzweiflungen

die im leben schwierigst
zu wissende sache
ist einfach und alt

nicht zu wissen
hingegen

Alles ist klar
an diesem morgen

nichts bleibt
im winterlicht
verborgen

licht und kahl und weit
ragen die bäume

und ohne zu fragen

wieso die wiese noch grün
auf eisigem grund
nie überging
in anderes leben
wie die gefallenen
blätter

ob oberirdisch nur
der wurf
der maulwürfe
lebendig begraben

ob überirdisch nur
die blühenden dünen
harrend
im haltlosen traum

dein falsches fragen

denn alles ist klar und nackt
an diesem morgen

weit der wald
getreu der schatten
dunkel die knospe

ungesehen
das ungesehene

Lì c'è l'acqua
lì c'è il verde
profondo

corre la strada
al gran teatro
degli alberi
al salice piangente
al ripartito fiume
in fondo sempre
in fondo

di là, sull'altra sponda
colpito nel fianco
il cammino verticale
breve mimesi
del fiume

poesia più o meno
riuscita

schermaglie col ponte
volatile
come di cartone

ma finisce pari
anche se tu
molto prima
scompari

Dort ist das wasser
dort ist das tiefe
grün

die straße eilt
zum großen theater
der bäume
zur trauerweide
zum strom der wieder fließt
hinunter immer
hinunter

dort, am anderen ufer
in die flanke getroffen
der vertikale weg
kurze mimesis
des flusses

gedicht das mehr oder weniger
gelingt

scharmützel mit der flatternden
brücke
wie aus karton

aber niemand gewinnt
selbst wenn du
schon längst
gegangen bist

costruisci l'ultimo
porto di settembre

la luce basta ancora
per la partenza

e un lungo
lungo
saluto
sulla panchina

addio verde lucente
diverrai legno scuro

addio pietre infuocate
sarete solo voi stesse

addio formica
tornerai frastornata
in aprile

du baust den letzten hafen
des septembers

das licht genügt noch
für die abfahrt

und einen langen
langen
gruß
auf der bank

leb wohl leuchtendes grün
dunkles holz wirst du werden

lebt wohl glühende steine
ihr werdet bloß steine sein

leb wohl ameise
verstört wirst du wiederkehren
im april

Lo vedi
quell'albero
illuminato

pare disegnato
cartone sceso
dal cielo
fra l'erba ancora accesa
e il palazzo serale

sei stata tu
a mandarmi
quel verde saluto
luminoso?

vedi quel povero
burattino
di legno vivo

non può camminare
dall'alto viene
e lì scompare

solo i suoi rami
può alzare
solo arrendersi

e ancora abbracciare
il vento

Siehst du ihn dort
den leuchtenden
baum

wie eine zeichnung
vom himmel
gesunken
zwischen dem gras das noch glüht
und dem dämmrigen haus

warst du es
die mir diesen grünen
leuchtenden gruß
sandte?

schau diese arme
marionette
aus jungem holz

sie kann nicht laufen
sie kommt von oben
wird dort verschwinden

nur ihre äste
kann sie heben
nur sich ergeben

und wieder den wind
umfassen

vedi come splende
nel saluto
a noi rivolto
suo unico mondo

perché quell'albero triste
non esiste

noi senza sapere
l'abbiamo fatto fiorire
e senza sapere

molto prima del buio stellato
l'abbiamo lasciato
scomparire

schau wie sie leuchtet
im gruß
an uns gerichtet
ihre einzige welt

weil es dort diesen traurigen baum
nicht gibt

ohne es zu wissen
ließen wir ihn erblühen
und ohne es zu wissen

lange noch vor der sternennacht
ließen wir ihn
verschwinden

Che tu non
esisti

neppure a te posso
più dire

come potresti
riascoltarmi
rimarginata
nella sassaia
del tempo

il tuo segreto vuoto
chiuso
fra le mie
mani

che ecco
devo aprire
per gettarmi
nel falso cuore
del mondo

un botto e tutto
è detto e fatto
pure il non detto

un salto e tutto
cade senza peso
senza più
malinteso

Dass es dich
nicht gibt

nicht mal mehr dir
kann ich es sagen

wie solltest du
mich wieder hören
vernarbt
im geröll
der zeiten

dein leeres geheimnis
verschlossen
in meinen
händen

die, schau,
ich nun öffnen muss
um zu springen
ins falsche herz
der welt

ein knall und alles
ist gesagt und getan
selbst das ungesagte

ein sprung und alles
fällt schwerelos
ohne irren
mehr

blaubarts wendeltreppe

des anderen
geheimnis
vielleicht
ein fehler

ein wirbel
von finten
weil von vorne
hinter dem
hinten

vielleicht nur
ein fehlen
ein flehen

keine worte finden
das stumme misslingen

der heimliche schrecken
den ein jeder sucht
für sich

spur die dann
verschwindet
sich gleich nach innen
windet

tanz von blinden
die sich drehen
im kreis
sich stärker
fassen

im auge des wirbels
ist nichts

Come sempre
siamo inesatti
e presuntuosi

il sole non sorge
e non cala

siamo noi a sorgere
e calare

non si nasconde
dietro
nuvole
le nuvole
lo nascondono

siamo noi
ad agitarci
imprecisarci

la sua sicura fine
è sovrana
come quella
di un dio

Wie immer
sind wir ungenau
und überheblich

die sonne geht nicht auf
nicht unter

wir sind es die auf-
und untergehen

nicht sie verbirgt sich
hinter
wolken
die wolken
verbergen sie

wir sind
die fuchtler
die pfuscher

ihr sicheres ende
ist erhaben
wie das
eines gottes

hart aber fair (frei nach
Baudelaire)

hai visto
come brillano
i colori delle alghe
in decomposizione

fiori di paura
gridanti in cielo
gloria pura

tu ed io
non siamo diversi
dalla violenza cinguettata
dal profumo del gelsomino

stanchi del pensiero divino
eppur restii a finire
nel frinire di un grillo

di voglia vogliosi
ma paurosi dello schiocco
del bel ginocchio

un suono che in sé
muore

claire&baudelaire

hart aber fair (frei nach
Baudelaire)

hast du gesehen
wie sie leuchten
die farben
faulender algen

blumen der angst
in den himmel schreiend
reine seligkeit

du und ich
wir sind nicht anders
als ein zwitschern von gewalt
als der duft von jasmin

müde vom denken an gott
doch unwillig aufzugehen
im zirpen einer grille

sinnend auf lust
doch bange wenn es knackt
das hübsche knie

ein klang der innen
erstirbt

claire&baudelaire

spaventati dal non
senso del senso

intoniamo il canto
nauseabondo

dell'incantabile
mondo

erschrocken vom unsinn
des sinns

stimmen wir an
den krötengesang

einer welt die man nicht
singen kann

Lo sposalizio della luce

»Acciò dunque il voler del cielo si mette ...«

mentre la mattina si apre
sembra proprio

per me qui seduto nel treno
fra Augsburg e Stuttgart,
la mente che corre

con la luce piantando
campanili in cielo

il sentiero tuo seguito
animosamente

la falla della speranza
in stupida espansione

»Vuoi tu qui presente
un nuovo giorno

nella gioia e nel dolore
nella salute e nella malattia
e di amarti – «

Die Hochzeit des Lichts

ist denn nicht jedes Licht künstlich,
so auch das der strahlenden Sonne?

G. Galilei

»Daß sich in dir nun erfülle des Himmels Wille ...«

während der morgen sich öffnet
eigens scheinbar

für mich, der ich hier sitze
im zug zwischen Augsburg und Stuttgart,
meine gedanken laufen

mit dem licht und pflanzen
kirchtürme in den himmel

den weg den du verfolgst mit ganzer
seele

das leck der hoffnung
die sich dämlich ausdehnt

»Willst du dem hier anwesenden
neuen tag

in freude und leid
im guten und im schlechten –
ihn lieben und – «

grazie macchia di bosco
che tappi la bocca
a questo sole breve e fosco

voglio credere invece
nel luogo oscuro
dove si accaglia
la speranza

nella luce artificiale
di una stanza

»Sì, con la grazia di Dio lo voglio.«

danke waldfleck
dass du dieser flüchtigen düsteren sonne
den mund stopfst

glauben will ich lieber
an den dunklen ort
wo die hoffnung
stockt

an das künstliche licht
einer strophe

»Ja, ich will, mit Gottes Hilfe.«

È tardi
le cose sono
state definite

ora smentisci
ma il danno
c'è

non è ingente
dice la gente

ma per te tutto
è già compiuto

anche quello che
non hai fatto
hai fatto

la tua colpa
non è l'aver detto
ma il rimorso

che tu non sia
cambiato

Es ist spät
alles wurde
festgelegt

du magst es leugnen
doch der schaden
ist da

nicht gravierend
sagen die leute

doch für dich
ist alles zu ende

auch was du
nicht getan hast
hast du getan

deine schuld
liegt nicht im gesagten
sondern dass du bereust

dich nicht verändert
zu haben

Nelle ore deserte
mi siedo
in un punto
poi
in un altro

mi affatica andare
sostare

sulla linea orizzontale
danza un giaguaro
senza veli

non sa che lo guardo
lo nego
ma anche lui mi nega
senza vedermi

l'occhio vede il deserto
non la sua fine

In den leeren stunden
setze ich mich
an eine stelle
dann
an eine andere

gehen ermüdet mich
rasten

am horizont
tanzt ein jaguar
ohne schleier

er weiß nicht, dass ich ihn betrachte
ich leugne ihn
doch auch er leugnet mich
ohne mich zu sehen

das auge sieht die wüste
nicht ihr ende

frase fatta

le parole
sono poco
più del nulla

ma anche il nulla
ricorda
è cosa fasulla

floskel

die wörter
sind wenig
mehr als nichts

doch auch das nichts
erinnere dich
ist bloß beschiss

Inhaltsverzeichnis